內傷的觀望者

詩人
eL
攝影
6K'17

一段寧靜的日子——
湖光、和風、綠意，以及
內傷的觀望者

一切似乎完整
似乎安好

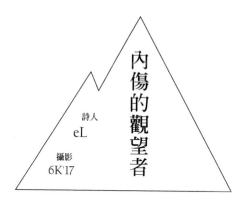

獻給　林正鋒與沈玉梅

目錄

Nursing his wounds,
the (non-political) observer

eL 詩集

自序

你會拿起這本詩集，可能是因為你讀過《失去論》或因為知道eL。那是多久以前的事了呢？二〇一三年至二〇一八年，五年，都什麼時候了？

原本，這本詩集叫作《我想，我應該可以這樣》，以集子裡頭的一首詩，挈領起來當書名。當初是帶著自我期許，希望《失去論》之後，可以展現進境與變化。果然，後來的變化「出乎意料」。這一次，定稿來得遠比《失去論》曲折與複雜。從前寫作習慣是反復寫於紙上，定稿後才謄入電腦。那時候，一字一字，清清楚楚，定稿便是定稿，鮮少再改。這次因對於自我的寬允，樂意大幅刪改、潤飾，甚至原本當書名的詩也被決定抽掉，改用另一首短詩的詩句。

《內傷的觀望者》的書名便是如此得來。有什麼特殊意義？主要是縱觀集子裡的詩作，相當大的篇幅可以讓人找到關鍵字，而那些關鍵字系在一個人身上，這人的一切觀感，便是他作品由來的主要因素。

一直斷斷續續的寫著詩，積習也已經長成固定的風景。有可看的風景是好，只是我感覺那些不動的景物隱隱帶著訊息：沒出息啊，難道就只會這樣？如此而已？可能這也將是察觀《內傷的觀望者》與《失去論》在風格上的相異之後的推想結果：他想擺脫、想開展、想往前往上去。

我的朋友老瞎貓便說：「出詩集並不是最重要的，寫詩才是最重要的，生活又比寫詩更重要。」

所以作為常人一個，靜靜生活在婆羅洲島上，在小鎮裡讀一點東西、寫幾個字，有時好玩就翻譯自己喜歡的詩，例常作息、陪家人，只是這樣就有什麼不好嗎？

你可能認為事實並不一定如此，但我要說事實也未必不一定如此。

辛波絲卡在一九九六年諾貝爾文學獎得獎辭〈詩人與世界〉開頭便說「據說任何演說的第一句話一向是最困難的，現在這對我已不成問題啦。」嗯，我這篇自序也一樣。

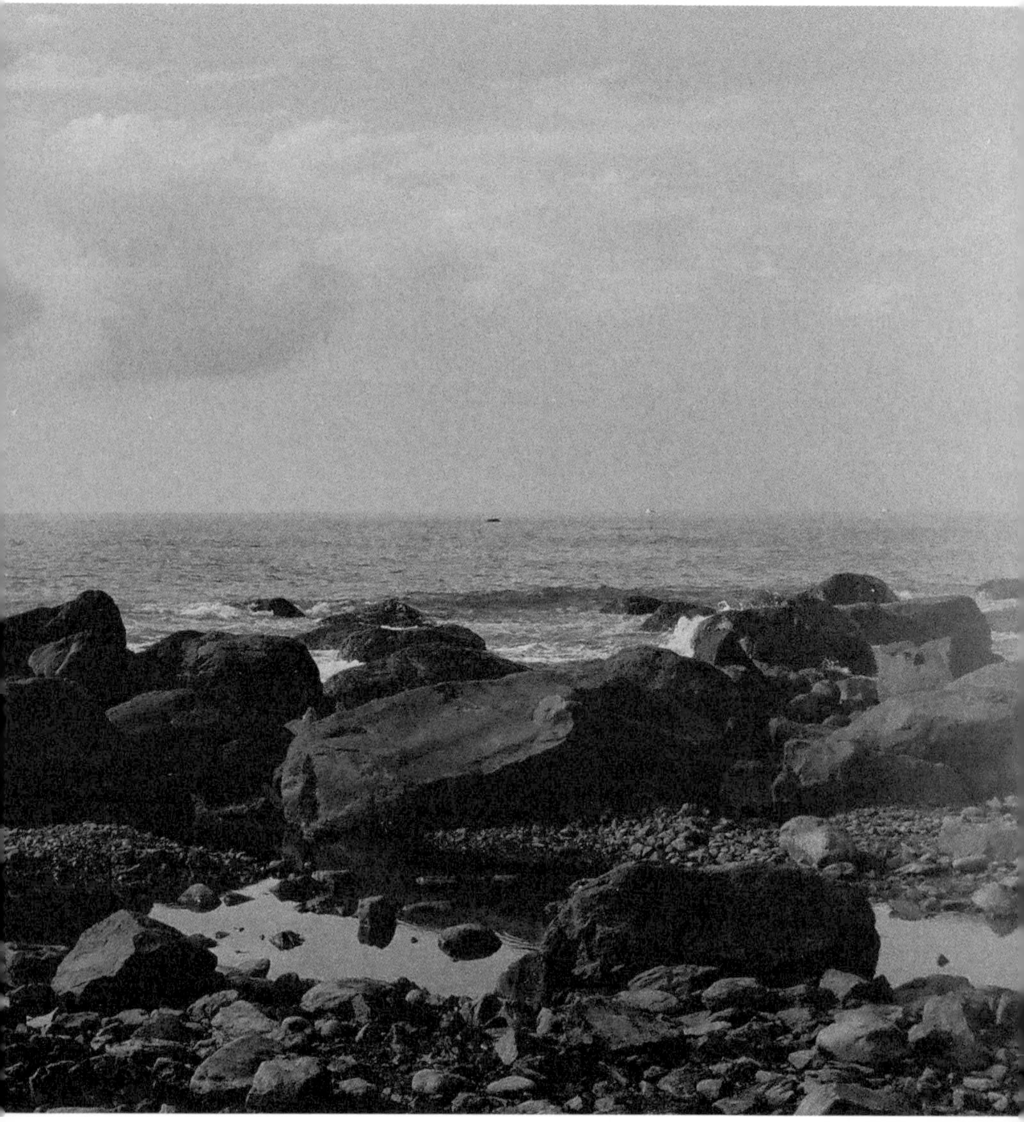

內情

每一天，我都
靜靜的完成
定量的遠眺

許多事物無法言說
就這樣，一再的痊癒

隱情

我看著母親植養的花木
在雨中，無法接住
所有的雨滴
看著看著，一段心事
也變成新的了

橙香

父親要喫橙，我把皮剝得長長，似乎無盡頭。

「半顆就好。」父親說。

我把半顆遞給父親，半顆放在捲成圈的橙皮上。

橙皮似乎又圓了起來。

包袱

每一晚，我都潛入清道夫的夢境，幫他掃地。

每早晨，他醒來，都覺得人生還有許多可做的事。

歉意像街道一樣的長。

語言課

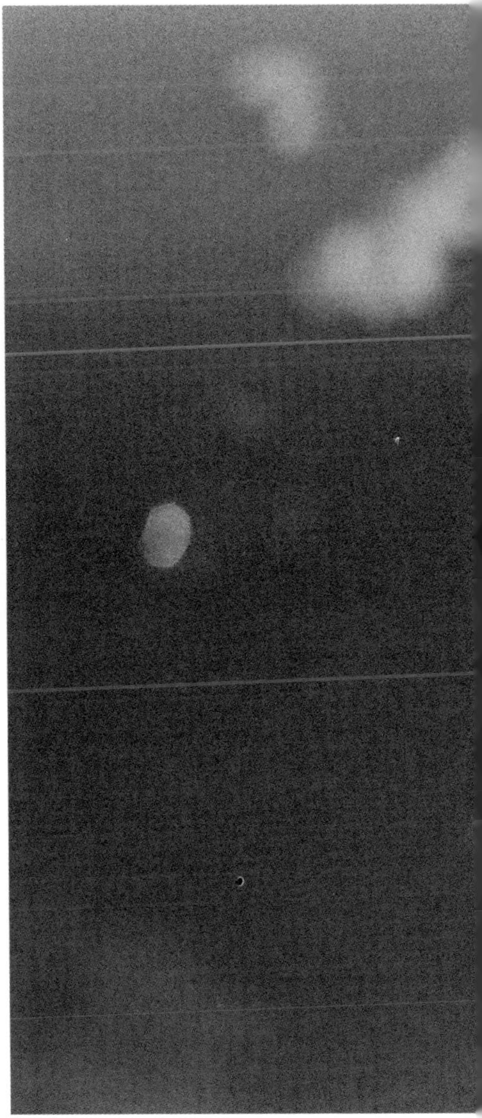

如果落葉都學會了法語
掉下來時會否更開心？

人事

晨光把寧靜
弄清潔

而我一醒來就弄髒

遠足

落葉掉入了
湖心
漣漪好久
才在我心裡
癒合

必然

未必是在樹下
路分岔而長日將盡
面向一座遠山
使背向另一座遠山
成爲必然
不容易，你知道
這其中沒多大不同
卻依舊令人慨然太息

功課

溪水與鵝卵石
浮標與大海
雲與湖泊

三種層次一種日常

雨和母親

雨和母親，共有一種
　　透明

雨不記得所有的形狀

母親不記得所有的罪狀

晨起

晨光在寧靜中
看清了景物

微風將風向雞
輕輕撫摸

你凝視，鏡中人
就更深了

房間的書櫃

有幾本詩選。一些很清澈
一些有落葉
另一些不知爲何乾涸

有幾本偉人傳記、回憶錄。一些比較偏遠
有點綠洲
山、谷都是雪

傾聽的力量

傾聽可以弄縐
床單嗎？
可以搬動一張
空椅嗎？

窗外凋落的鳥鳴
是歌唱的果實

兩種寧靜

坦克車沒啓動的日子
白菊花開落多次

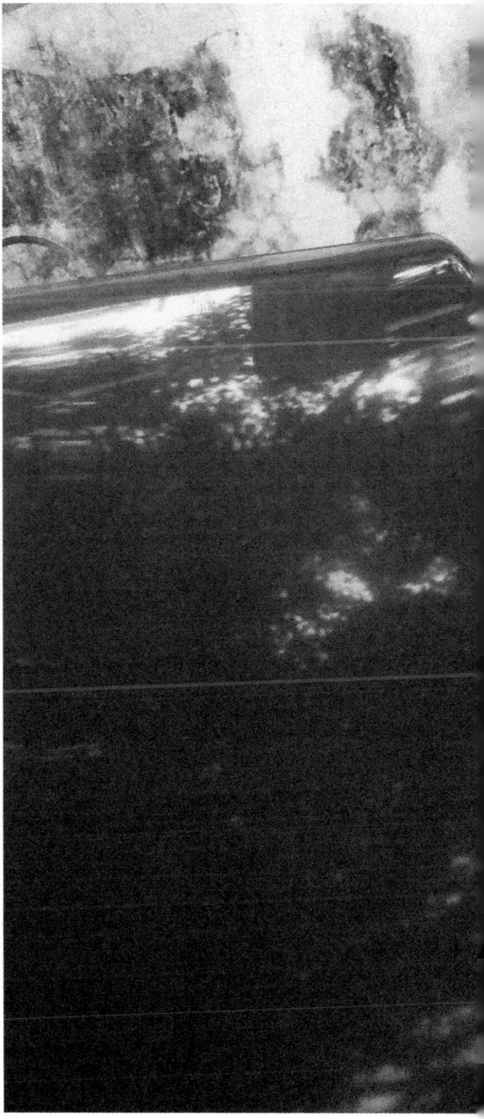

寵物

我養不了一隻喜鵲的原因
始終不便道明
午後，遠方在我的打量下
凝固

下午

我沒早晨了，因爲現在是下午
我也沒夜晚，因爲早晨過去之後，並不會是夜晚
我擁有的全部，只剩下現在、此刻、當下
但下午也不是我的。下午裡有許多人在繼續他們的人生
流浪狗在車底避暑
清道夫在樓梯底下午休
柏油路似乎熱到快冒煙
還會看到麻雀往來飛著。有時候是鷺鷥、燕子
我應該不可以據有這個下午
但我無法消失
對不起，我還在
甚至要跟這一聲對不起說一聲，對不起

ZZZ

曲折的揣摩方式
每晚都在練習

還有甚麼
尚未被命名嗎

山路、光影，抑或
家人、寵物

決志

帽子壓低了日子
地上的水灘仰望著甚麼
城裡街上酒瓶在滾動
群鴉壓過了黑影

告解

早晨，我對一些事物說：
「原諒我，好嗎？」
一切靜默。只能從一本
打開的詩集得到慰藉——
「看開一點。」
它沒有這樣說。

神

一種食物從天降下
仍然在天。

中間

一種神秘與岩石
的歲數有關
散步的時候或有天啓
或不

Sufjan

平靜的湖泊有沒有悲傷？
平靜的森林有沒有心事？
平靜的倉庫有沒有木琴？
平靜的後院有沒有蘑菇？
平靜的露台有沒有木馬？
平靜的書房有沒有唱盤？
平靜的日記有沒有花瓣？
平靜的客廳有沒有搖椅？
平靜的臥房有沒有玩具？
平靜的日子有沒有母親？

卻步

我沒說過的話
顯然已經抵達，並且
擊裂不存在的事物

何必驚訝呢
我本來就沒如此能耐

那些虛幻的物影與人事
說盡了歉意也沒半句對不起

退隱

充滿告別的手勢
倦鳥、落葉，與寂靜
深沉的轉身恍如
書頁在暗黃燈下
去來，在翻閱之間
晃動、增減著陰影
桌沿就是懸崖
靜滯我就開花

去意

一段寧靜的日子——
湖光、和風、綠意，以及
內傷的觀望者
一切似乎完整
似乎安好

澄淨的往事

人影稀疏、錯落
鳥鳴與水聲——
別緻的救贖

觀照

山的訊息高聳
你想起山下的家人
曲折的山路偶有
不知名的小花
無法辨識的動物
這一切都不會告訴你
你獲得的寧靜
從何而來

暗光

平行的夢境裡
有人打聽植物的消息

蟋蟀扯起靜夜的毛邊
邊境也已經被距離沒收

夠遠了，自己深處
斑駁的人影與破碎的對話

不是任何事物都
輕易告別得來

望窗

無法抵消
它們其實隱逝良久
我不期待修訂
人事與花期
哭泣很深，收齊的秘密
飽滿而愧疚

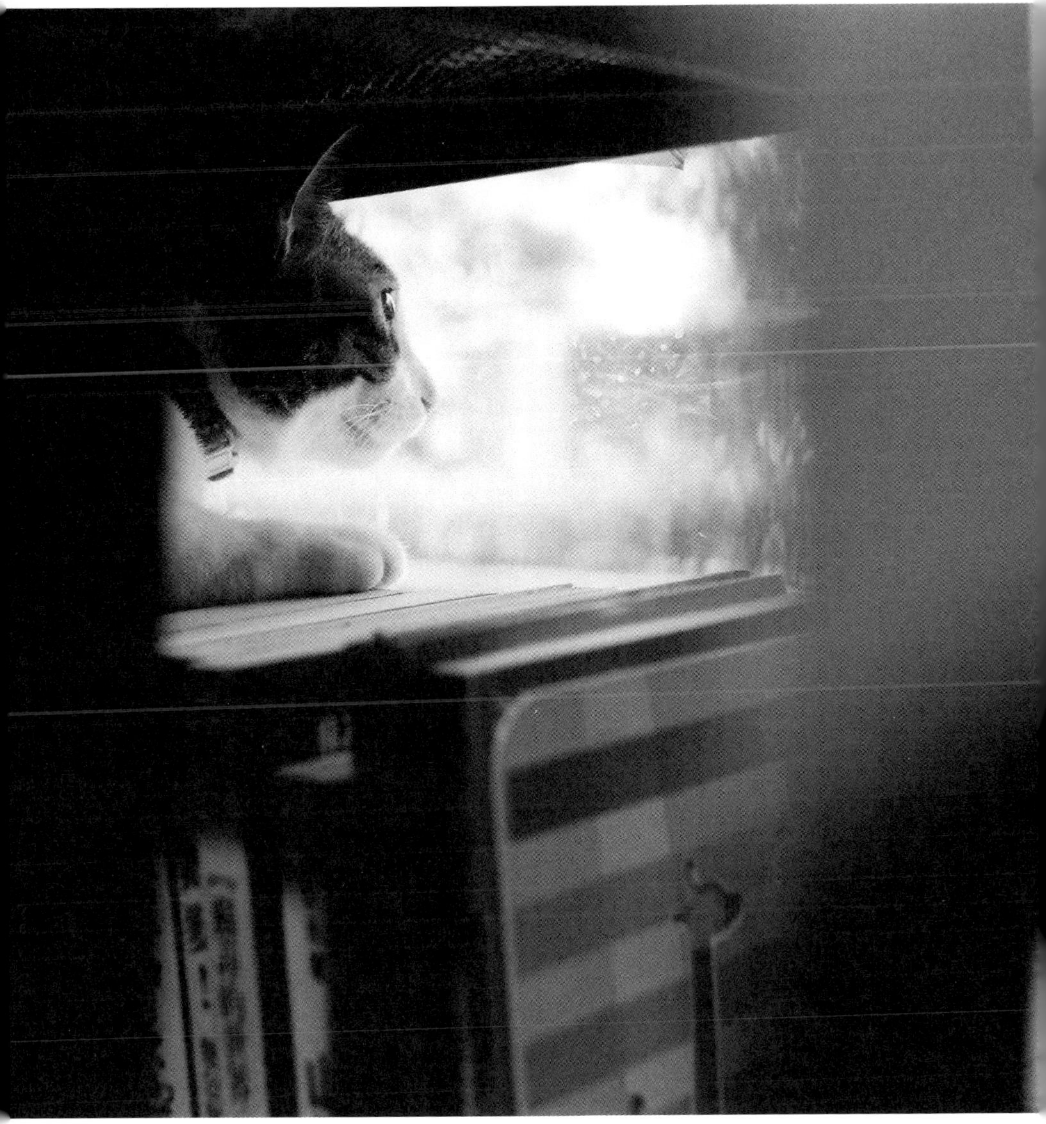

漉過

慢慢成形的易位
薄霧的方式
每一種經過都盛開
敘述的山勢都有寬廣的湖
沒人寬恕
不在的生物

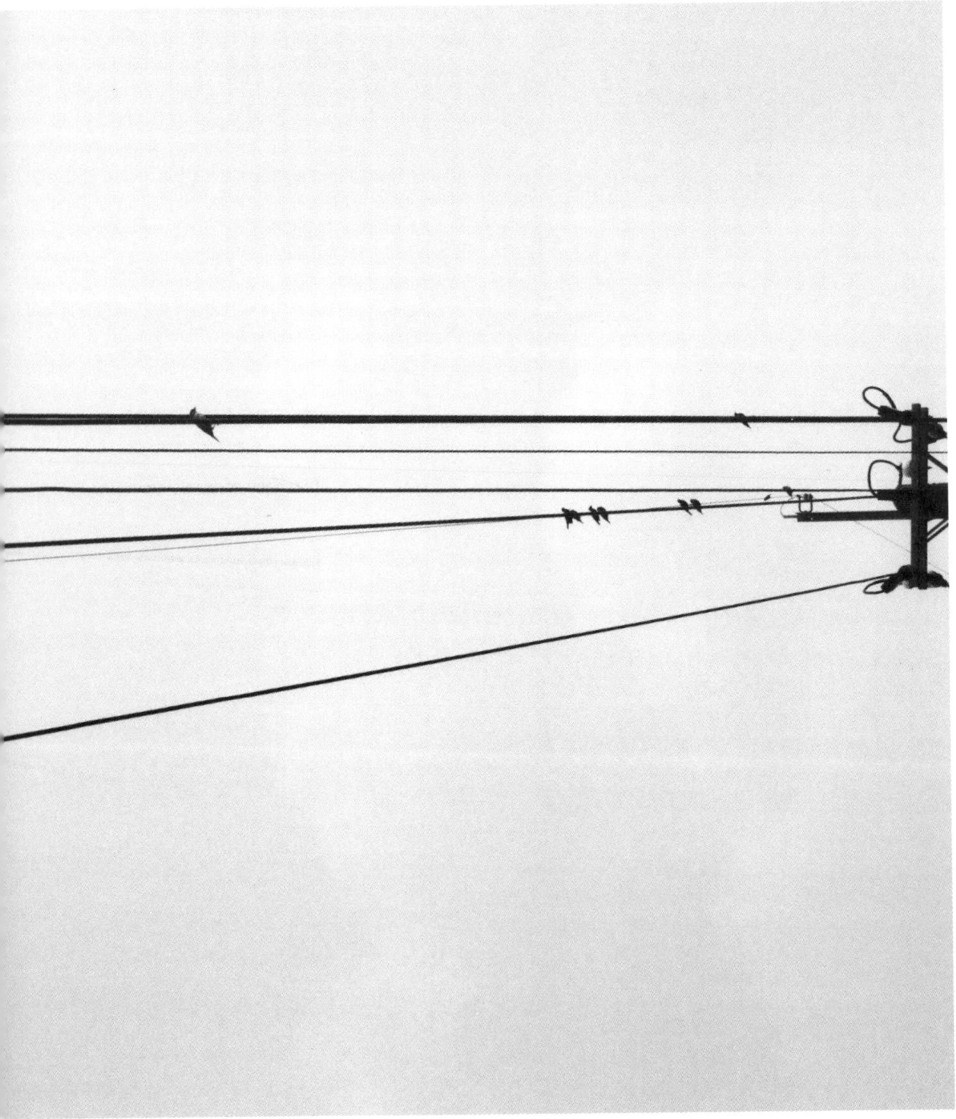

路邊

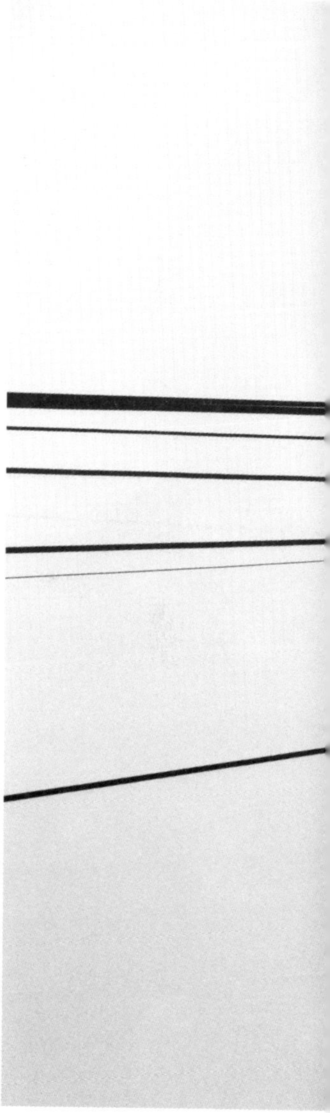

途中短憩，話題收結的空白處
麻雀三兩啾啾
說不定日子

抬頭白雲悠悠
我們靜默，事物
又再老一遍

某日顯影

某日顯影，輪廓逐漸清晰
來臨，對抗我——以白雲，以綠草，以無瑕疵的謠言
在它從天空發亮之物的高度降下以前
嶄新的陰影如沒有意識的坦克
壓過我的背脊，日曆預示
它奶黃的質感，或許那是
經歷自我的表象：
棉花，垢髮，完美的刀片

知道嗎？

信箱知道甚麼是槍聲嗎？
電視知道甚麼是戰火嗎？

刀知道甚麼是原諒嗎？
血知道甚麼是生命嗎？

地圖知道甚麼是遠方嗎？
收音機知道甚麼是和平條約嗎？

日曆知道甚麼是歲月嗎？
咖啡知道甚麼是清醒嗎？

廚房知道甚麼是母親嗎？
餐桌知道甚麼是包容嗎？

窗口知道甚麼是風景嗎？
街角知道甚麼叫相遇嗎？

蓮蓬頭知道甚麼是雨嗎？
彩色筆知道甚麼是彩虹嗎？

去向

它屬於距離，就如
山色，或者
地圖某處的顏色
被蓄意發現
被偶然遇見
在時間之間存活下來
維持原名，在知識之外
健在，如更迭的季節
光讓它顯影
在無可言說的早晨

早晨的車聲

我喜愛咫尺之遙的車聲
　從書桌前的窗，它們
　　抵達並碰觸我耳蝸
　　　有露氣，有古老的韻律

我喜愛它們經過風鈴樹
　風向雞，步上我家階梯
　　在客廳，在書房，在空椅上
它們緩化自己，消隱近乎安靜的種子

　　讓我坐起，撩開窗簾並感受
　　五月：這是整個宇宙的當下
　　　星期一和麻雀們
　　　　垃圾車和愛麗絲
　　　　　認真的失敗者

睡醒的失眠人
全都在此被滋養著且毫無感覺

憐憫靜物

憐憫靜物，它們沒惡念
救贖之日也不會臨到它們
　　沒得救、沒禱告
　　　神保留它們
神愛世人，但神暫時
　保留靜物
　　　阿門

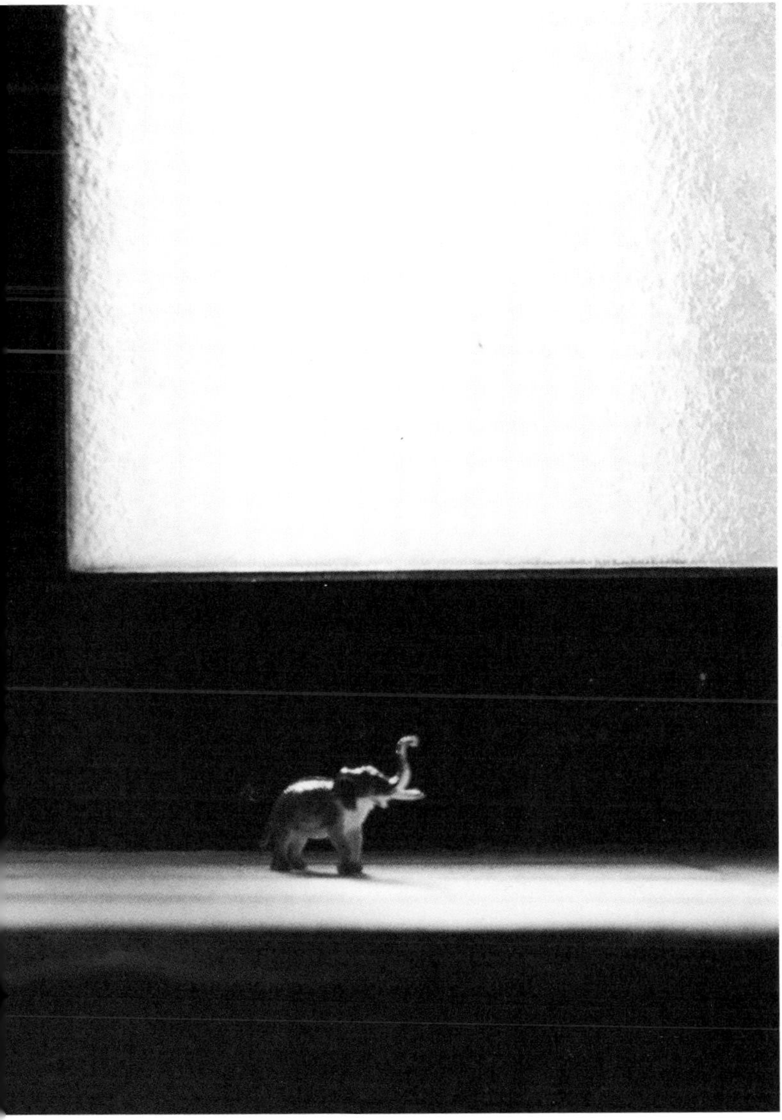

收集

現象收集我所不了解的事物：
日子、忍冬花、鮭魚、購物袋與巫婆
想像則爲我保存不存在的事物

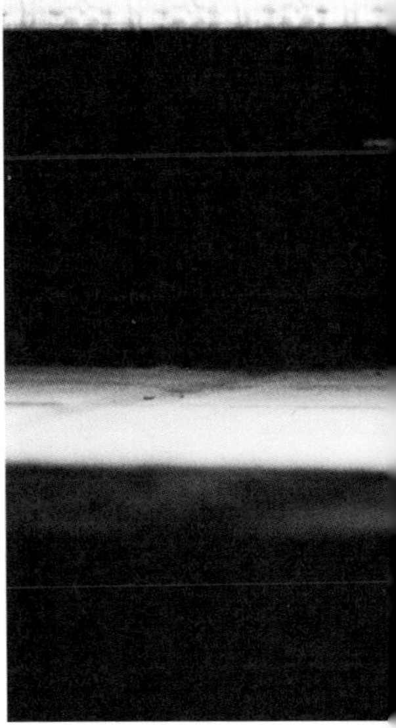

旅者爲何靜默

旅者爲何靜默
掛雨的天色被車燈截短
一些風吹向它們所不認識的心緒
抽象的事物如何擺盪呢
無人的草場
直立的燈柱
先祖們打量岩石發出的疑問
遙遠的星

散步

路上的石頭
靜滯如恆

水滴從天空落下來
但雨在哪裡呢

空氣在髮絡前流動
但風在哪裡呢

樹裏在葉子中
果核裏在果肉中

他想起自己的名字
想不起這是誰

數學課

狗的日子，一天裡
有幾個下午？
盲人一直在算

上坡

一開始，你零星望見
山地裡的白花叢
當你慢慢走向水草綴邊的池塘
針一般，蜻蜓穿過視線
駐足，你開始留意一切晃動之物：
啄木鳥、松鼠、蜂蝶
和爆開的種子
就算是面對自己了嗎
遠處的山脊亮著朦朧而沉靜的光

也許，從此我會有兩種日子

讀詩、晾衣、養多肉植物
也許，一切將不會有答案

承載

無字可被寫下
簡約的早晨
野地的生物持續生長
而我沒提筆
來不及相信的訊息
隱逝的那些人事
在沒被寫下的字句間流離
紙張的聲響跟隨他們

小物事

晨起，霧未升
無人苛責一個醒轉、靜靜望向窗外
的人。做點小物事，
我良心清潔的疏通溝渠
生活的髒水味揚升，直到
我望見薄薄晨光顯現植物
葉與葉，形狀完美、分明
什麼過往曾經那麼沉重
我關上了門，那些迷濛的霧
都在窗外

底蘊

夜歸的路有星光但沒干擾
賽車的青年人。月亮也沒責任
校訂夾克牌子上的錯字

我路過他們。電子菸大概
也只是升騰而毫無意識

二樓俯瞰他們，我想起對面鄰人此刻
汽車零件組裝的夢境

論讀書

樹動，光影細細
碎碎，去來
去來，在固定範圍

樹不識字，我這才想起那些
一直都沒讀完的書

麻雀

你慣常聽聞，這甜蜜的
擾聲。輕盈，少量金屬感
　在枝頭、草地、窗台

神奇而平常，這些造物
不干涉你寫壞的詩句，只求
共享六月、日光、幻象

或許那些都是頌歌
　你我未識之物
　　褐黑相間

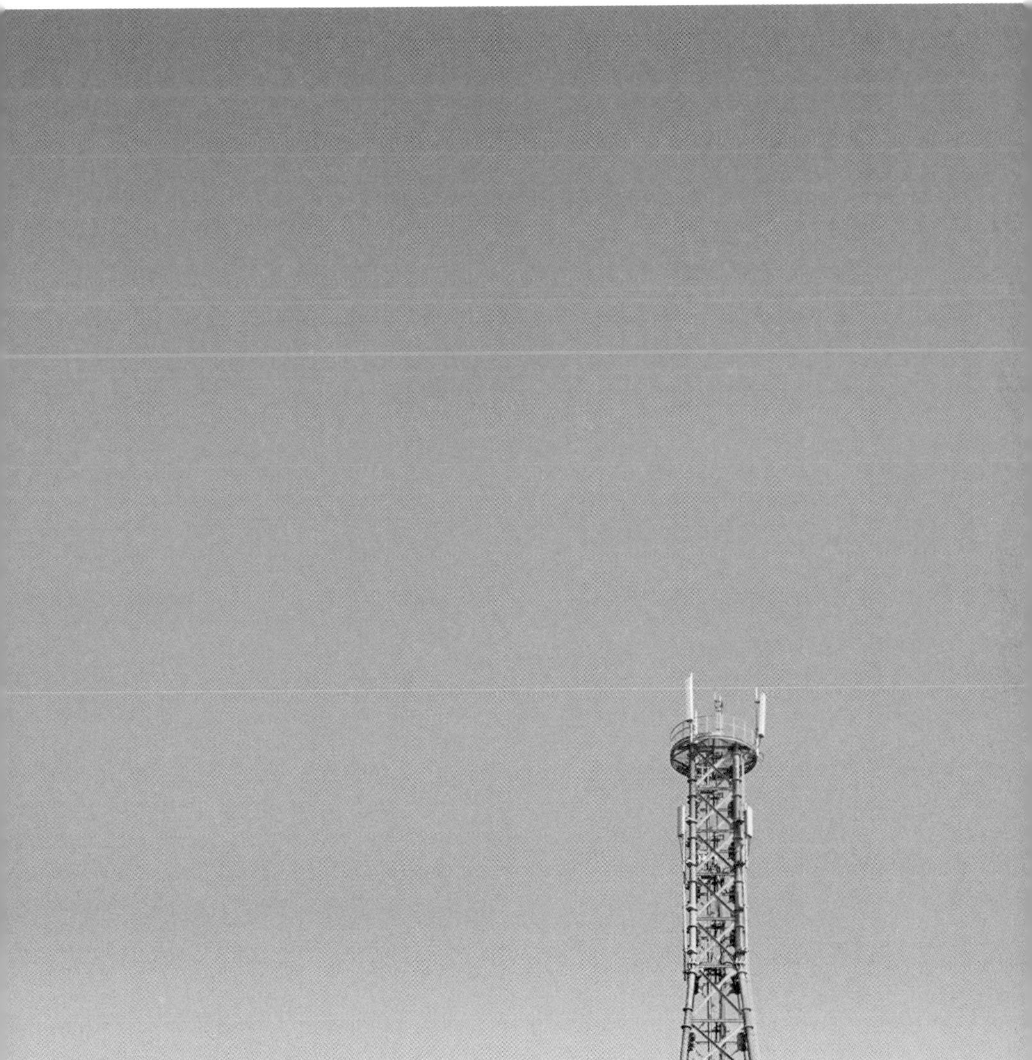

求索

那是什麼滋味呢
彷彿一個人即將離去
天氣卻這般暖和
這世上有許多我們不配得的事物
我們不說話、內省
適時節制地哭泣
觀看碎光在植物的陰影裡移動
一棵樹多年來的樣子。到底甚麼
留我們在這裡呢
我們安靜求索不得其解
而天氣仍這般暖和

新生活

我到處拍照
拍倒插在溝渠旁的掃把
拍凌晨抵達在碼頭停泊的漁船們
拍在市集坐著等家人的老者
偶爾，我自拍後便刪除照片
此刻，漁船上的老者正在用掃把
將瑣物掃入黑桶之中

字無聲

字無聲，我們唸了
它們便發音

我們想起黑板
廁所的墻，抽屜裡的紙條
花盆裏的信
刻在樹身的那些

還有寫在廣場
漆在布條上
用燭火排列
以鮮花鋪擺的那些

字無聲，我們唸了
它們便發音，甚至發言

說辭

一種淡然難以言說
在心底蘊藏，某個天氣
某首歌、某個想不起來的人
某種紙張的折法
某些句子的收結
或許需要一盞燈
一點點類似哭過的心緒
但一切並沒那麼嚴重
一種淡然難以言說

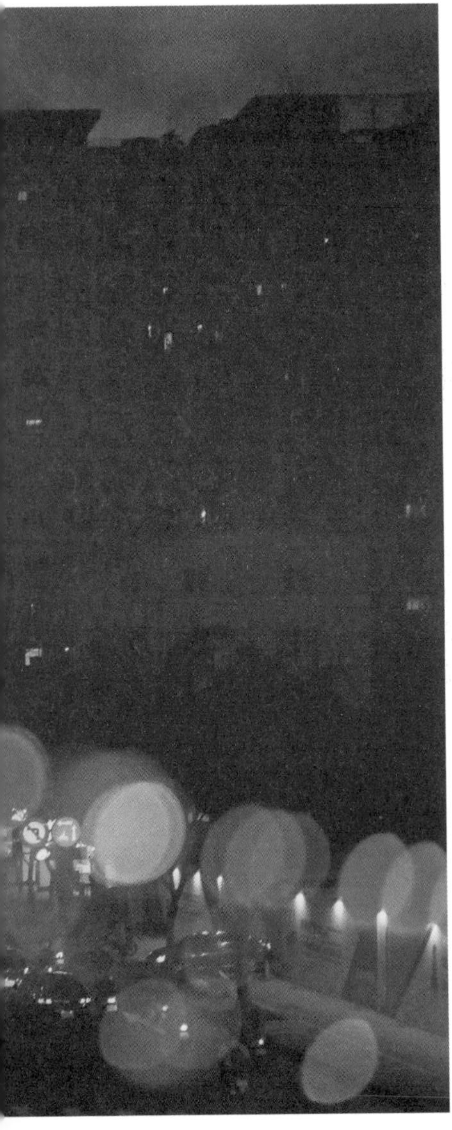

一場雨

只要此刻我在高雄，就意味著同時
我無法在臺北。

臺北若下雨，高雄若也下雨，這不會是同一場雨。
但也不一定就是這樣。
此刻高雄眞的下雨了。

雨落在交通燈也落在交通警察的身上
落在垃圾車也落在倒垃圾的人身上
落在路面上也落在路人身上

這裡，那裡，都濕了。

也都沒濕——

有人在被窩裡聽雨聲

有人望著窗外的雨水

有人對著電視看天氣報告

有人在書桌前寫著跟雨有關的詩句

他們是否經歷同一場雨了呢？

這是同一場雨，也是不同的一場雨。

滴答滴答。

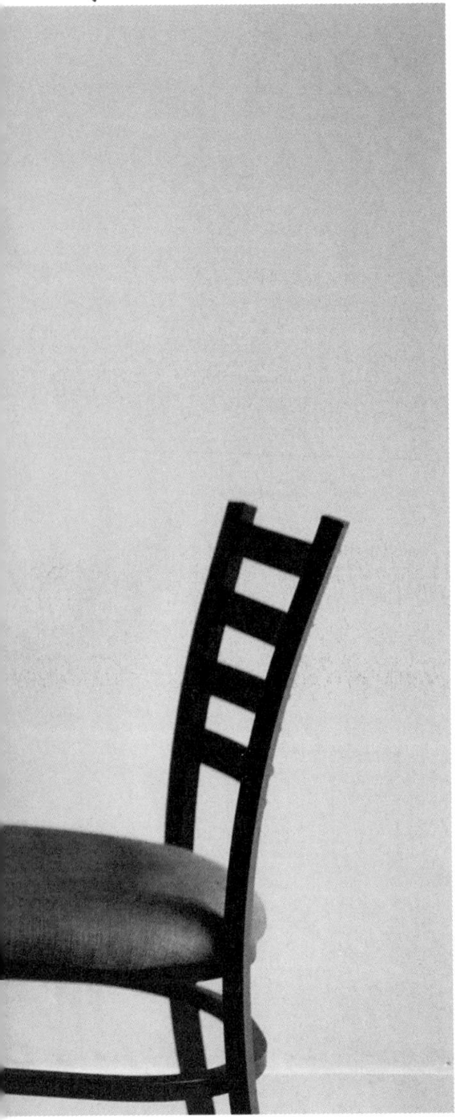

噩耗可以抵達多遠呢？

噩耗它穿得過：

往生者的粉底、衣物、陪葬品
棺木、刻好的墓碑
親友的心與
眼淚

殯儀館、路過的遊客
放慢的計程車

剛掉落的枯葉
公園的木椅

仰望穹蒼的湖泊
綠油油的草原
壯麗的遠山

失守的邊境
堅硬的坦克車
無法自己的炸彈，以及那些
跟往生者一樣的
屍體。

可以移動的是

可以移動的
是：
水瓶及
裡頭的水
環保袋及
裡頭的蔬果、干糧
書包及裡頭的
歷史課本、道德作業簿
背包及裡頭的
地圖、指南針

公事包及裡頭的業績圖表、
三合一即溶麥片
我無所謂，移動了它們，
世界也不會因此而改變
夕陽無法升起
旭日無法落下

看樹記

從葉子，我們知道
甚麼托著它們

枝與幹
內在聯結是何故？

根默默
偶爾看得見
多半在你我看不見的所在
是什麼在進行？

種子說的最多
一種神秘的信仰
不死就不生

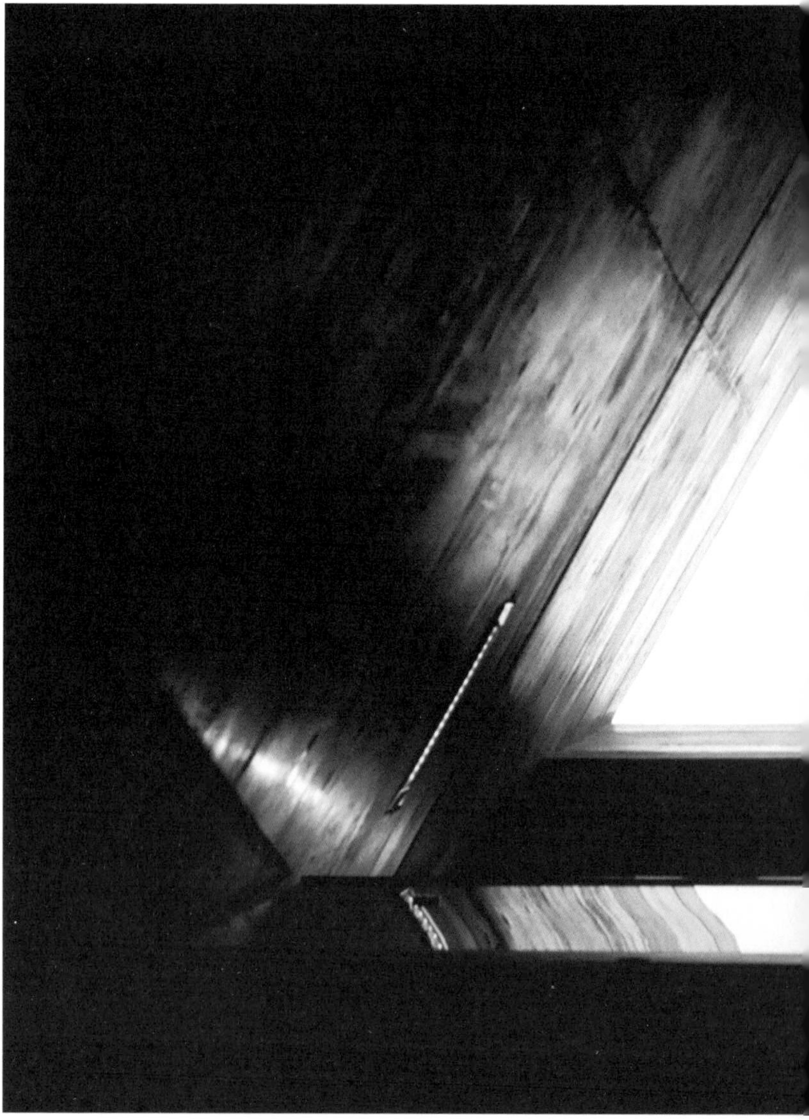

思考

有時候，我看著雲
思考瑣碎的事物
聚散與離合
餅乾屑與餅乾
雲並不是香脆、可口
的事物
或許，更多時候
吃吃餅乾
瑣碎的事物
就香脆、可口
了。

鵝卵石

——答 Zbigniew Herbert

有人說它們是完美的造物。
在水中，它們大概
六親不認、六神無主
六，人的受造之日呢
郊遊下溪流
人們認得鵝卵石
人們也有自己的神
而它們靜靜
等待流水將鵝們孵出來

重量

心緒與棉花
群山與夢
關乎事物的重量——
我們活在
哪兒？

可朗誦的事物

有時候，各種的寂靜
齊整地跌落、散佚，我們
　終於專注，傾聽雨水
　　打在雨水的匯聚處
一遍遍，它們對齊韻腳
　可朗誦的事物
　　叫甚麼來著？

寫詩與指南針

寫詩，指南針：
指向確定的地方
卻未必知道
自己在哪裡——

或許平放在湖邊生滿青苔的涼椅上
或許棄置在候鳥群聚的河口旁
或許失落在死火山小屋的小道上
或許掉入寧靜蔚藍的深海中
或許擺放在老婦人衣櫃深處的紅色音樂盒裏
或許藏在探險隊隊長背包的水壺邊
或許被送到收破爛的老人那裡
或許就在路邊而貓咪剛好經過
或許躺在常年在戰場夜晚偷偷哭泣軍人的口袋裡

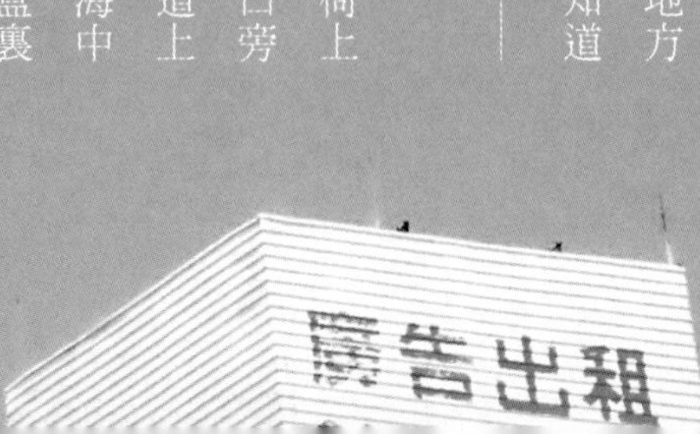

或許就在兒童遊樂場看孩子玩耍水手的背包中
或許握在凝望遠方想念兒子的母親手中
或許被畫入黑灰白爲基色的口袋型繪本內

也或許，從來就沒出現過，
卻被我寫了下來。

後記

新詩集創作所橫跨的時間大約是從二〇一三年至二〇一七年，是《失去論》出版開始至前陣子，得詩一百一十首，斟酌之後被我刪除到剩下四十首。後來跟出版社再約定六十首。

這詩集現在的樣子，大概是最稱心的樣子了（還能怎樣呢）。非常感謝陳子謙這位朋友。除了私心偏愛（根本就是偏執狂）的一些作品外，我幾乎完全信任他的建議，接受他超大尺碼的斧頭。

當然要感謝來敲門的商周出版第七編輯室的賴曉玲，敲的正是時候呢，不早不晚，難得的更是許多的包容。謝謝。

再來就是要感謝一斤幫拍照片。這是一個美妙的過程，大概就是任性與慷慨擦出的火花吧，也是這一次的收穫。

接下來要感謝的，有世上存數不多可以忍受得了作者刻變時翻的御用美編（狹義與廣義）、給詩集翻譯了一個我很喜愛的英語題目的朋友、一路來給詩作意見、支持與肯定的朋友們、跟我分享許多好詩的朋友、陌生人、逝去與健在的詩人、一些小造物、事物、地方等有的沒的。一併列出：Kerh Kh、黃廣青、水果派、老闆、小明、國強兄、孫娜娜、老瞎貓、鴻鴻、小米、羅成毅、Ori、鯨、Czesław Miłosz、Ron Padgett、商周出版社、麻雀、是枝裕和、《Carrie & Lowell》、樹、Apichatpong Weerasethakul、孫維民、禤同學、Farmer、加愛、假牙、隱匿、686、鄧堯逢、fat.bird.fart、黃柏蓁、Coffee Dream、愛丁堡、Norman MacCaig、益昌咖啡袋、見義、友華、《A Book of Luminous Things》樹木希林、半熟蛋、葉郎：異聞筆記 Dr. Strangenote、曼谷、土耳其無花果。

內傷的觀望者

作　　者　／eL
攝　　影　／6K'17
責任編輯　／賴曉玲
版　　權　／吳亭儀、翁靜如
行銷業務　／闕睿甫、王瑜
總 編 輯　／徐藍萍
總 經 理　／彭之琬
發 行 人　／何飛鵬
法律顧問　／元禾法律事務所　王子文律師
出　　版　／商周出版
地址：台北市中山區104民生東路二段141號9樓
電話：(02)2500-7008　傳眞：(02)2500-7759
E-mail：bwp.service@cite.com.tw
發　　行　／英屬蓋曼群島商家庭傳媒股份有限公司城邦分公司
台北市中山區104民生東路二段141號2樓
書虫客服服務專線：02-2500-7718・02-2500-7719
24小時傳眞服務：02-2500-1990・02-2500-1991
服務時間：週一至週五09:30-12:00・13:30-17:00
郵撥帳號：19863813　戶名：書虫股份有限公司
讀者服務信箱：service@readingclub.com.tw
城邦讀書花園：www.cite.com.tw
香港發行所　／城邦（香港）出版集團有限公司
香港灣仔駱克道193號東超商業中心1樓
E-mail：hkcite@biznetvigator.com
電話：(852)25086231　傳眞：(852)25789337
馬新發行所　／城邦(馬新)出版集團
Cité (M) Sdn. Bhd.
41, Jalan Radin Anum, Bandar Baru Sri Petaling,
57000 Kuala Lumpur, Malaysia.
電話：(603)9057-8822　傳眞：(603)9057-6622
書籍設計　／郭珂兒
印　　刷　／卡樂彩色製版印刷有限公司
總 經 銷　／聯合發行股份有限公司
地　　址　／新北市231新店區寶橋路235巷6弄6號2樓
電話：(02)2917-8022
傳眞：(02)2911-0053

■2018年04月26日初版

定價／280元

ISBN 978-986-477-436-4

國家圖書館出版品預行編目(CIP)資料

內傷的觀望者 / eL詩；6K'17攝影.
-- 初版. -- 臺北市：商周出版：家庭傳媒城邦分公司發行, 2018.04　面；　公分
ISBN 978-986-477-436-4　(平裝)
851.486　　107004453